Pour Anne, ma sœur Anne.

G. A.

Gaël Aymon - Anna Griot

La BELLE et la BÊTE aux LARMES de DIAMANTS

D'après Alexandre Afanassiev, Giambattista Basile,
et Peter Christen Asbjørnsen & Jørgen Moe

Gautier • Languereau

Un père et ses enfants allaient sur les chemins.
Dans le froid.
Dans la faim.

Au milieu d'un grand champ, ils virent un arbre d'or
couvert de lourds diamants.
« Un seul de ces fruits ferait notre richesse ! »
s'écria le père en s'approchant de l'arbre.
Et il cueillit le plus gros des rubis.

Le ciel s'assombrit.
Un vent violent arracha les feuilles d'or.
Les émeraudes et les rubis volèrent en éclats.
Dans un fracas effroyable, surgit soudain la créature
la plus terrifiante que la terre ait jamais portée :
griffes et sabots, cornes et crocs.
Sept têtes, sept queues, sept langues de feu.

« Tu as détruit mon arbre d'or, rugit la bête. Tu dois mourir !
– Pitié ! supplia le père en tremblant.
Je voulais simplement nourrir mes enfants. »
Derrière lui, sa fille s'avança.
« Ne privez pas mes jeunes frères d'un père aimant, la Bête !
dit-elle d'une voix ferme. Prenez plutôt ma vie ! »

D'un coup, d'un seul, la Bête s'enroula
autour de la jeune fille et l'enleva,
laissant le père avec le fruit qu'il avait cueilli.

La jeune fille se sentit transportée par une tornade.
La Bête s'arrêta au milieu d'un désert.
Elle pleura une larme de diamant qui s'écrasa sur le sol.
La terre s'ouvrit, et un palais de cristal en surgit.

La Bête déposa la jeune fille dans une vaste salle.
Mais, au lieu de la dévorer, elle lui dit doucement :
« Ton courage mérite d'être récompensé. Tu seras la maîtresse de ce palais.
Ton bonheur y sera parfait et j'en serai le gardien. »
Au-dessus d'une porte, des lettres d'or indiquaient « Chambre de la Belle ».
La jeune fille sourit. On ne l'avait encore jamais appelée ainsi.

Dans la chambre, une table chargée de mets raffinés apparut devant elle.
« Désire, et tes désirs seront tous exaucés », murmura la Bête.
La Belle était trop effrayée.
Elle grignota à peine, puis la table disparut comme elle était venue.

« Il est tard à présent, dit la Bête dans un souffle.
Cette nuit, auprès de toi, je dormirai dans ton lit. »
La Belle se glissa sous les draps et sentit son sang se glacer
lorsque le monstre s'allongea à ses côtés.
Elle crut ne jamais pouvoir fermer l'œil.
Pourtant, la Bête dormait déjà d'un sommeil paisible et profond.

La nuit passe et file sans bruit.
La Belle s'endort aussi.
Au matin, la Bête est partie.

La première journée au palais fut un rêve éveillé.
Chacun des désirs de la Belle s'accomplissait par magie.
Mais le trésor le plus extraordinaire de la Bête était un miroir,
caché au sommet de la plus haute tour.
Lorsque la Belle y regardait son reflet,
c'était celui d'une princesse de lumière.
Et elle ne se lassait pas de s'y contempler.

La nuit venue, la jeune fille se coucha sans avoir revu son hôte.
Elle l'entendit entrer et s'allonger discrètement à ses côtés.
Cette fois, la Belle fut presque rassurée que la Bête ne l'ait pas abandonnée.

Dans l'obscurité, elle osa l'interroger au sujet du miroir enchanté.
« C'est le miroir de ton âme, lui répondit la Bête avec méfiance.
Il montre le véritable visage de celui qui s'y contemple.
Tu peux t'y voir telle que je t'ai toujours regardée. »

Et elle ajouta en grondant :
« Sache que jamais, jamais, ce miroir ne doit quitter la tour. »

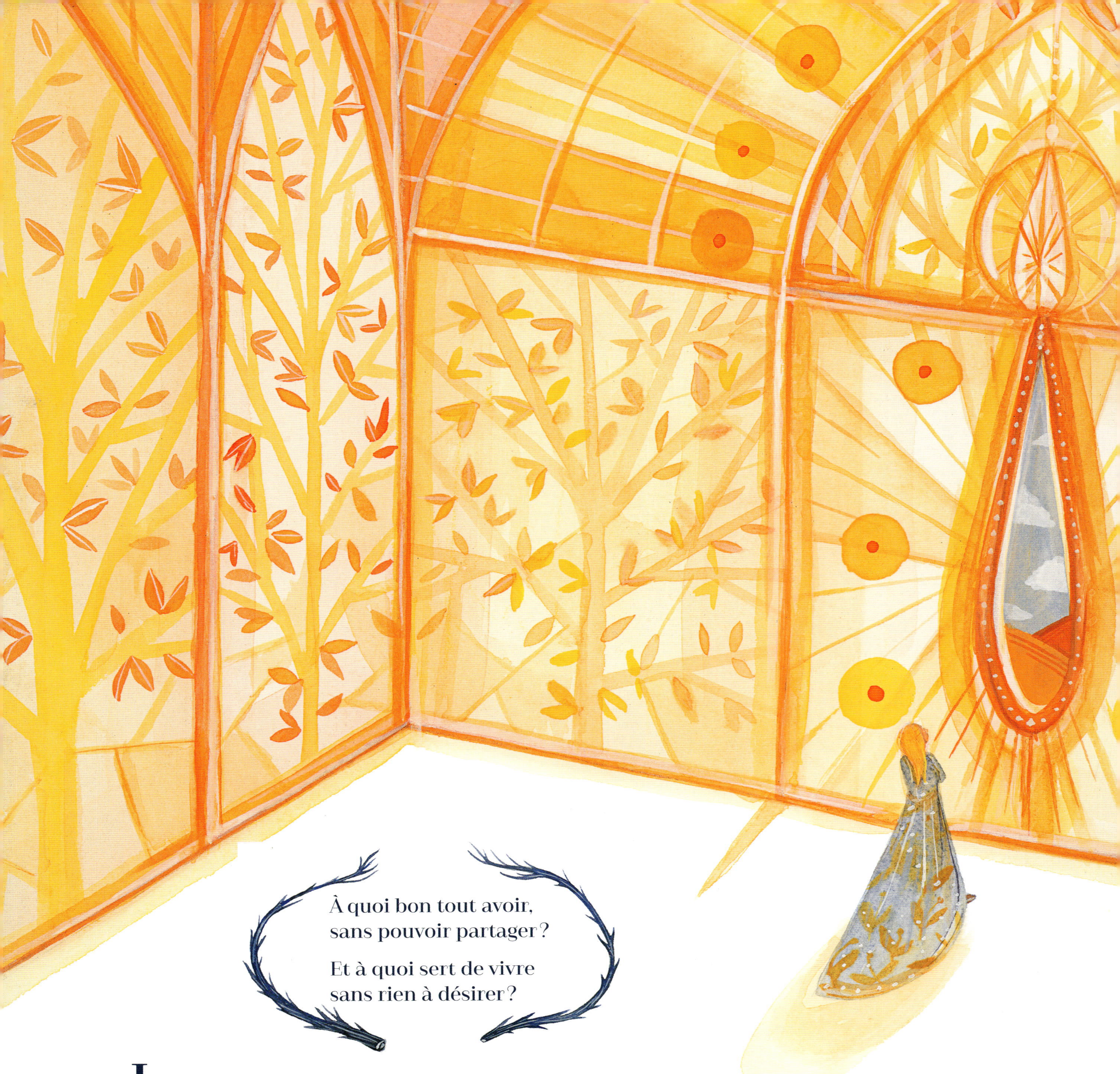

À quoi bon tout avoir,
sans pouvoir partager ?

Et à quoi sert de vivre
sans rien à désirer ?

Les jours se suivirent, tous pareils à ceux qui les avaient précédés.
La Belle s'ennuyait. L'absence de la Bête commençait à lui peser.
Elle tendait l'oreille chaque fois qu'elle croyait l'entendre.
Et, la nuit tombée, elle se surprenait à guetter
les pas du monstre avec impatience.

Lorsqu'elle sentait la Bête s'endormir tout près d'elle, elle se trouvait réconfortée.
Pourtant, elle ne pouvait la regarder sans être dégoûtée.
Alors un soir, près du monstre assoupi, la jeune fille pensa :
« Le miroir pourrait peut-être me révéler le véritable visage de la Bête.
Car son âme et son cœur ne sont pas aussi laids qu'elle en a l'air. »

En silence, la Belle se leva et apporta avec précaution
le miroir interdit dans la chambre.
Mais, quand elle le tendit vers la Bête endormie,
la peau du monstre se fendit et tomba au pied du lit.
À sa place, la Belle découvrit un prince d'une beauté infinie.
Le jeune homme ouvrit les yeux,
se leva sans un mot et pleura une larme de diamant.
La larme tomba, le sol s'effondra,
et le prince disparut dans un gouffre.
La Belle s'approcha et découvrit un grand escalier
qui descendait sous terre.
Elle attendit longtemps, espérant que la Bête,
ou plutôt le prince, revienne.

Le jour se lève et passe.
De nouveau la nuit le chasse.

La Belle est toujours seule.
Plus seule que jamais.

Résolue, la jeune fille s'enroula dans la peau de la Bête
pour s'en faire un manteau.
Et, emportant le miroir,
elle partit à la recherche du prince
par le grand escalier.

Elle marcha longtemps, traversant des campagnes,
des villes et des villages.
Partout les gens la chassaient,
les enfants lui jetaient des pierres,
et tous se riaient de l'horrible peau qu'elle portait sur son dos.
Mais la Belle suivait sans relâche les larmes de diamant
que le prince avait laissées derrière lui.
« Qu'ils se moquent ! pensait-elle. Je sais où je vais, je sais qui je suis. »

Enfin, elle parvint devant un océan, dans un pays où il faisait toujours nuit.
Les larmes s'arrêtaient au bord de l'eau.
Ne sachant plus où aller,
la jeune fille se laissa tomber sur un rocher, désespérée.

Une silhouette légère se posa à ses côtés.
La Belle reconnut l'ombre de sa mère, morte depuis longtemps déjà.

« Qu'es-tu venue chercher si loin des hommes, fille bien-aimée ?
lui demanda doucement le fantôme.
– Je cherche le prince aux larmes de diamant.
Car je ne peux plus vivre sans lui. »
Sa mère soupira :
« Hélas ! Il va se marier aujourd'hui avec la reine du royaume des Ombres,
qui le tient en son pouvoir depuis de longues années.
– Je dois le rejoindre ! s'écria la Belle.
– Aucun mortel ne peut se rendre à son palais.
Mais, si ton bonheur en dépend, je t'y aiderai. »

L'ombre de sa mère se dirigea vers l'océan.
Les vagues s'écartèrent devant elle.
« Marche tout droit, sans plus jamais te retourner vers moi. »
La jeune fille remercia sa mère, lui dit adieu
et s'avança entre les deux murs d'eau.

Au bout de la longue route, se dressait un palais.
Dans le palais, des milliers d'ombres étaient assemblées autour de leur reine.
Aux côtés de la reine, muet et pétrifié,
le prince continuait de verser ses larmes étincelantes.
La robe de la reine était couverte des milliers de diamants qu'avait pleurés le prince.
Elle regarda la Belle se frayer un passage jusqu'à elle, parmi les ombres.
« Qui es-tu ? gronda-t-elle. Comment oses-tu te présenter à moi sous cette affreuse peau ?
– Affreuse ? C'est pour moi la plus précieuse des parures, répondit la Belle.
Et je ne pourrais l'offrir à nul autre qu'à celui qui m'avait promis
d'être le gardien de mon bonheur »

La jeune fille ôta la peau de la Bête de ses épaules
pour la donner au prince.
Les ombres reculèrent aussitôt en gémissant,
aveuglées, et la reine se couvrit les yeux.
Car, après toutes ses épreuves,
la magie du miroir avait rendu la jeune fille
aussi belle et admirable que l'étaient son cœur et son âme.
Une princesse de lumière.

Le prince reconnut la Belle,
et les larmes de diamant cessèrent de rouler sur ses joues.
« À votre avis, qui devrais-je épouser ? demanda-t-il à la reine médusée.
Celle qui m'aime pour les diamants qu'elle m'a condamné à pleurer ?
Ou celle qui a su m'aimer sous l'aspect d'une horrible bête ? »

La Belle tendit le miroir vers la méchante femme,
afin qu'elle puisse y voir son véritable visage.
Alors, dans un cri terrifiant,
la reine se changea en un affreux serpent ailé
qui s'enfuit par la fenêtre en sifflant de colère.

Les ombres s'effacent.
La nuit trépasse.

Sous un beau ciel d'aurore,
le prince et la Belle se retrouvent tous deux
au milieu d'un champ,
près du grand arbre d'or couvert de lourds diamants.

« Seul l'être capable de m'aimer sous la forme d'une bête
pouvait me délivrer du sortilège de la reine des Ombres,
que j'avais refusé d'épouser, dit le jeune homme.
Tu as traversé les pires épreuves pour venir me chercher.
Je serai désormais le gardien de ton bonheur. »

Et leur joie est si grande qu'à les voir réunis,
le soleil qui se lève se trouve heureux aussi.

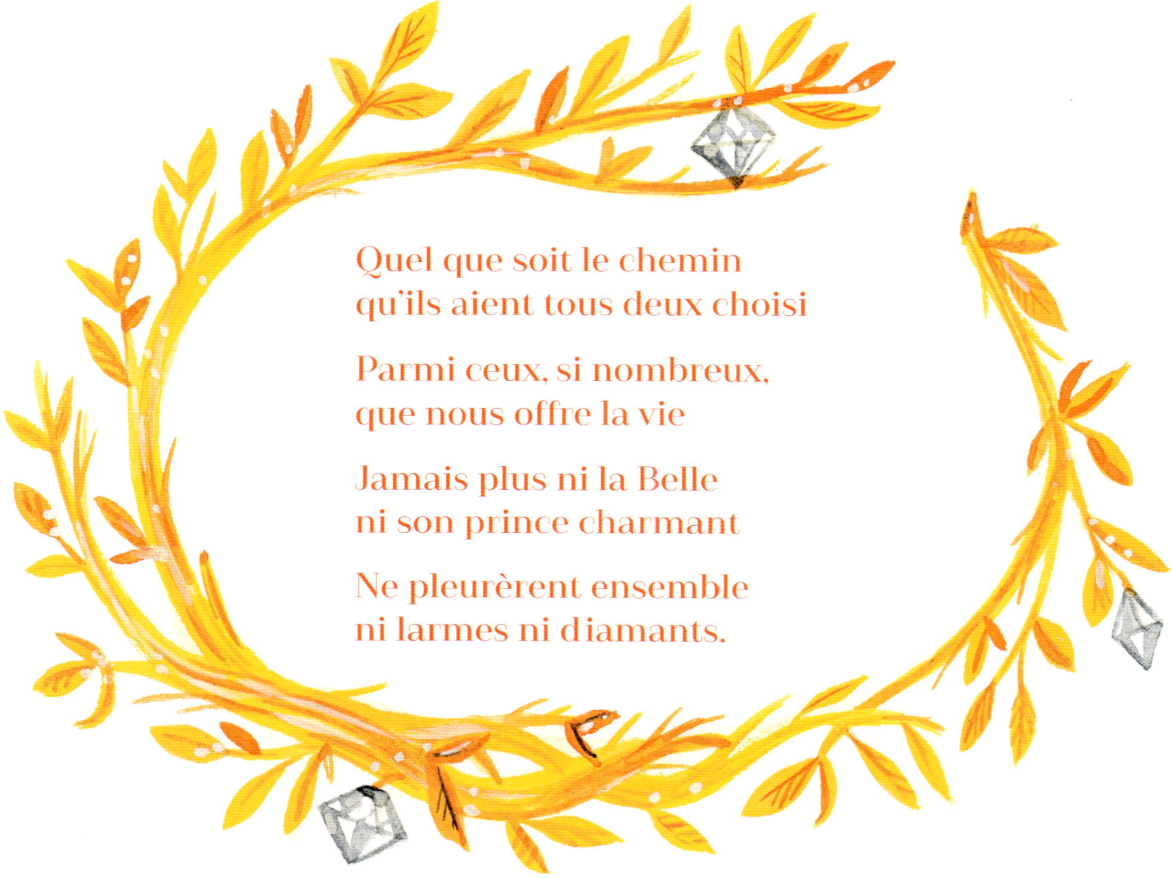

Quel que soit le chemin
qu'ils aient tous deux choisi

Parmi ceux, si nombreux,
que nous offre la vie

Jamais plus ni la Belle
ni son prince charmant

Ne pleurèrent ensemble
ni larmes ni diamants.